Jonathan
Livingston
Seagull

나무 옆
의자

갈매기의 꿈

완결판

리처드 바크

러셀 먼슨 사진

공경희 옮김

JONATHAN LIVINGSTON SEAGULL by Richard Bach
(The Complete Edition, includes the rediscovered Part Four)
Copyright ⓒ 1970 by Sabryna A. Bach
Copyright renewed ⓒ 1998 by Sabryna A. Bach
New material copyright ⓒ 2014 by Sabryna A. Bach
Photographs copyright ⓒ 1970 by Russell Munson
Photographs copyright renewed ⓒ 1998 by Russell Munson
New photographs copyright ⓒ 2014 by Russell Munson
Photographs on dedication page copyright ⓒ 2014 by Sabryna A. Bach
All rights reserved.

This Korean edition was published by Namubench in 2023 by arrangement
with the original publisher, Scribner, a Division of Simon & Schuster, Inc. through
KCC (Korea Copyright Center Inc.), Seoul.

이 책은 (주)한국저작권센터(KCC)를 통한
저작권자와의 독점계약으로 나무옆의자에서 출간되었습니다.
저작권법에 의해 한국 내에서 보호를 받는 저작물이므로
무단전재와 복제를 금합니다.

모든 이의 내면에 깃든
진정한 갈매기 조나단에게 바칩니다.

1

　　　　　　　　　　　　　　아침, 새로운 태양이
잔물결 이는 잔잔한 바다에서 금빛으로 빛났다.

　해안으로부터 2킬로미터 못 미치는 곳에서 낚싯배가 바다에 밑밥을 뿌리자, 하늘에서 아침 먹이를 찾는 새들에게 소식이 전해졌다. 결국 천 마리쯤 되는 갈매기 떼가 먹이를 얻으려고 서로 밀고 다투었다. 분주한 하루의 시작이었다.

　하지만 저 멀리, 배와 해변으로부터 떨어진 곳에서 갈매기 조나단 리빙스턴은 홀로 연습 중이었다. 30미터 상공에서 조나단은 물갈퀴를 내리고 부리를 든 채, 고통스러운 날개의 비틀림을 유지하려고 애썼다. 비틀림은 천천히 난다는 뜻이었고, 이제 그는 얼굴을 스치는 바람이 살랑댈 때까지, 아래쪽 바다가 잠잠해질 때까지 속도를 늦추었다. 그는 잔뜩 집중하느라 눈을 가늘게 뜨고 숨을 멈추었다가, 힘껏 한 번…… 한 번 더…… 2센티미터 남짓…… 날개를 비틀었다……. 그러자 깃털이 곤두서고 실속(stall. 날개로 움직이는 물체가 급히 속력을 잃는 현상-옮긴이)하면서 떨어졌다.

원래 갈매기는 비틀거리지 않는다, 실속하지 않는다. 공중에서 실속하는 것은 갈매기에게는 수치이며 불명예다.

하지만 부끄러워하지 않고 다시 날개를 펼쳐 떨면서 고통스럽게 비트는―천천히 천천히, 그러다 다시 실속했다―조나단 리빙스턴은 평범한 새가 아니었다.

대부분의 갈매기는 비행에 대해 아주 간단한 사실 이상은 배우지 않는다― 해안에서 먹이가 있는 곳으로 갔다가 돌아오는 방법만 배운다. 대개의 갈매기들에게 중요한 것은 비행이 아니라 먹이다. 하지만 조나단에게 중요한 것은 먹이가 아니라 비행이었다. 갈매기 조나단 리빙스턴은 무엇보다도 하늘을 나는 게 좋았다.

이런 생각을 하면 다른 새들 사이에서 인기를 얻지 못한다는 것을 조나단은 알고 있었다. 그가 종일 혼자 수백 번씩 저공 활공을 연습하며 실험하자 그의 부모님도 실망했다.

조나단은 이유는 몰랐지만, 수면에서 날개폭의 절반이 안 되는 높이에서 날면 힘들이지 않고 더 오래 체공할 수 있었다. 그의 활공은 보통 새들처럼 발을 물에 넣는 것으로 끝나지 않았다. 발을 유선형으로 몸에 붙이고 수면에 디디면 긴 밋밋한 흔적이 남았다. 그가 해변에서 발을 올리고 미끄러지며 착륙한 후, 걸으면서 미끄러진 거리를 재기 시작하자 부모님은 몹시 낙심했다.

어머니가 물었다.

"왜 그러니, 존? 왜 그래? 여느 새들처럼 사는 게 왜 그리 어려운 게냐, 존? 저공비행은 펠리컨이나 알바트로스에게 맡기면 안 되겠니? 왜 먹지 않는 게냐? 얘야, 비쩍 마른 것 좀 봐라!"

"비쩍 말라도 상관없어요, 엄마. 저는 공중에서 무얼 할 수 있고, 무얼 할 수 없는지 알고 싶을 뿐이에요, 그게 다예요. 그냥 알고 싶어요."

아버지가 인자하게 말했다.

"이것 봐라, 조나단. 겨울이 멀지 않았다. 배들이 나오지 않을 거고, 수면 가까이 있던 물고기 떼는 깊이 들어가겠지. 연구해야겠다면 먹이에 대해, 먹이를 어떻게 잡을지에 대해 연구하거라. 이 비행에 대한 것도 좋다만 활공으로 먹고 살 수는 없는 노릇이지. 비행하는 이유가 먹이를 구하기 위해서라는 점을 잊지 말거라."

조나단은 공손하게 고개를 끄덕였다. 이후 며칠간 그는 다른 갈매기들처럼 행동하려고 애썼다. 선창가와 낚싯배들 주위에서 꽥꽥대며 새들과 다투고, 물고기와 빵 조각을 차지하려고 달려들었다. 하지만 제대로 할 수가 없었다.

그는 소용없는 짓이라고 생각하면서, 자신을 쫓아오는 허기진 늙은 갈매기에게 힘들게 얻은 멸치 한 마리를 떨궈주었다. 이 시간에 비행을 배우며 보낼 수 있으면 좋을 텐데. 배울 게 정말 많다고!

얼마 지나지 않아 갈매기 조나단은 다시 먼바다로 나가 혼자 지냈다. 허기졌지만 배우는 것이 있기에 행복했다.

익혀야 할 것은 속도였고, 일주일 동안 연습하자 그는 속도에 대해, 살아 있는 가장 빠른 갈매기보다 아는 것이 많았다.

300미터 상공에서 있는 힘껏 날개를 퍼덕여, 파도를 향해 아찔한 각도로 강하했다. 그러면서 갈매기들이 아찔한 각도로 강하하지 않는 이유를 알았다. 그는 딱 6초 만에 시속 110킬로미터 정도로 날았고, 이 속도에서는 날개가 흔들림 없이 위로 들리지 못했다.

거듭 같은 일이 벌어졌다. 아무리 신중을 기하고 능력을 최고로 발휘해도, 빠른 속도에서는 제어력을 잃었다.

300미터까지 오른다. 먼저 전속력으로 쭉 날아가다가 날개를 퍼덕이면서 수직 강하로 바꾼다. 그럴 때마다 왼쪽 날개가 위로 쳐들리면서 실속하여 왼쪽으로 마구 흔들렸고, 균형을 잡느라 오른쪽 날개를 실속시키면 불처럼 홱 움직이며 오른쪽으로 빙글빙글 돌았다.

날개가 쳐들리는 것은 아무리 조심해도 소용이 없었다. 열 번을 시도하면 열 번 모두 시속 110킬로미터 지점을 지나면서 그는 제어력을 잃고 휘휘 돌며 날개 뭉치로 변해 물속으로 곤두박질했다.

물을 뚝뚝 흘리면서 마침내 조나단은 생각했다. 빠른 속도에서 날개를 움직이지 않는 게 열쇠임이 틀림없어 ─ 시속 80킬로미터까지 날갯짓을 하다가 이후에는 날개를 가만히 두어야 했다.

600미터 상공에서 그는 다시 시도했다. 급강하하면서 시속 80킬로미터를 지나는 순간부터 부리를 내리고 날개를 활짝 펴고 가만히 있었다. 엄청나게 힘이 들었지만 이 방법은 통했다. 10초 후 그는 시속 150킬로미터 지점을 지났다. 조나단은 갈매기 비행 최고 속력 기록을 갖게 되었다!

하지만 승리감은 잠시뿐이었다. 수평비행을 시작한 순간, 날개의 각도를 바꾸기 무섭게 그는 똑같이 제어되지 않는 상태에 빠졌고, 시속 150킬로미터 지점에서는 다이너마이트가 터지는 것 같았다. 조나단은 공중에서 폭발해서 철벽 같은 바닷속으로 떨어졌다.

정신을 차려 보니 어두워진 지 한참 지난 후였고, 그는 달빛이 쏟아지는 바다 위에 떠 있었다. 날개가 우툴두툴한 납덩어리 같았지만, 실패의 무게가 훨씬 더 무겁게 다가왔다. 그 무게가 몸을 바다 밑바닥으로 끌어 내릴 만큼 무거워서 모든 것을 끝낼 수 있기를 그는 간

절히 바랐다.

조나단이 물속에 잠길 때, 그의 내면에서 묘하게 헛헛한 목소리가 들렸다. 다른 길은 없어. 나는 갈매기야. 나는 한계를 많이 가지고 태어났어. 내가 비행에 대해 많이 알 운명이라면 이해력이 좋았겠지. 내가 빠른 속도로 날 운명이라면 매처럼 날개가 짧고 물고기가 아니라 쥐를 먹고 살았을 거라고. 아버지 말씀이 옳았어. 이 엉뚱한 짓은 집어치워야 해. 집으로, 갈매기 무리에게 날아가서 이대로 만족하면서 살아야 해. 한계가 많은 처량한 갈매기로.

목소리가 잦아들었고 조나단은 그 말에 동의했다. 밤에 갈매기가 있어야 할 곳은 해안가야. 그러니 이 순간부터 평범한 갈매기가 되겠노라고 그는 맹세했다. 그러면 다들 더 마음 놓을 거야.

그는 힘없이 어두운 물에서 빠져나와 육지를 향해 날았다. 힘이 덜 드는 저공비행을 익혀둔 것에 감사했다.

그런데 아니야, 라는 생각이 들었다. 예전의 방식은 포기했어, 배운 것은 모두 포기했다고. 나는 여느 갈매기 같은 갈매기니까 갈매기답게 날 거야. 그래서 그는 어렵사리 30미터 상공으로 올라가서 더 힘껏 날개를 퍼덕이며 해안가로 나아갔다.

다른 갈매기들과 똑같은 갈매기가 되겠다고 결심하니 마음이 한결 가벼웠다. 이제 그를 배움으로 몰아대던 힘과 아무런 관계도 없을 테고, 더 이상은 도전도 없고 실패도 없을 터였다. 또 생각하는 것을 멈추고 해안 위의 빛을 향해 어둠 속을 나는 것도 근사했다.

어둠! 헛헛한 목소리가 놀라서 소리쳤다. 갈매기는 어둠 속에서 날지 않는데!

조나단은 귀담아들을 만큼 주의를 기울이지 않았다. 멋지네. 그는 속으로 중얼댔다. 달과 불빛이 수면 위에서 빛나며, 작은 횃불들이 밤 속으로 길을 만들어냈다. 사방이 정말 평화롭고 고요했다…….

내려가! 갈매기는 어둠 속에서 날지 않는다고! 네가 어둠 속에서 날 운명이라면, 너는 올빼미의 눈을 가지고 태어났겠지! 너는 이해력이 좋았을 거야! 너는 매처럼 짧은 날개를 가졌을 거라고!

그 밤 속, 30미터 상공에서 조나단 리빙스턴은 눈을 깜빡였다. 그의 아픔이, 다짐이 사라져버렸다.

짧은 날개. 매처럼 짧은 날개!

그게 답이야! 이다지도 미련했다니! 내게 필요한 것은 작은 날개야. 날개의 대부분을 접고 그 끄트머리만으로 날면 되는 거야! 짧은 날개!

그는 검은 바다 위 600미터 상공으로 올라갔다. 한순간도 실패와 죽음에 대해 생각하지 않고, 앞날개를 몸에 꼭 붙이고 폭이 좁은 단

도만 한 날개 끝만 바람 속으로 뻗어 수직으로 급강하했다.

머리에 악마 같은 바람이 불어댔다. 시속 110킬로미터, 145킬로미터, 190킬로미터, 그보다 더 빠르게! 이제 시속 225킬로미터에서 날개의 부담은 시속 110킬로미터에서 느꼈던 것보다도 힘들지 않았다. 그는 날개 끝을 살짝 비틀어 급강하에서 벗어나, 달 아래에서 잿빛 대포알처럼 파도 위를 날아갔다.

바람을 맞으며 살짝 눈을 감고 기쁨에 젖었다. 시속 225킬로미터라니! 게다가 제어가 되다니! 600미터가 아니라 1,500미터에서 급강하한다면 얼마나 빠를까······.

조금 전의 다짐은 까맣게 잊히고 세찬 바람에 휘감겨 사라져버렸다. 하지만 조나단은 자신에게 한 약속을 어긴 것에 대해 죄책감이 들지 않았다. 그런 약속은 평범함을 받아들이는 갈매기들에게나 통하는 것을. 조나단처럼 뛰어난 지식을 얻은 갈매기에게는 그런 약속이 필요하지 않다.

해가 뜰 무렵까지 조나단은 연습하고 또 연습했다. 1,500미터 상공에서 바라보니 낚싯배들이 잔잔한 파란 바다 위에 점점이 떠 있었고, 아침 먹이를 찾아 나온 갈매기들은 희미한 흙먼지 구름처럼 보였다.

그는 생기 넘쳤으며 기쁨에 파르르 떨었고, 두려움이 통제되는 것이 자랑스러웠다. 그러다가 요란을 떨지 않고, 앞날개를 접고 짧고

각진 날개 끝을 뻗어 바다 쪽으로 곧장 날아 내려갔다. 1,200미터 상공을 지날 즈음, 조나단은 한계속도에 도달했고, 바람이 소리치는 철벽 같아서 더 빨리 움직일 수가 없었다. 이제 그는 시속 344킬로미터로 곧장 강하하고 있었다. 그 속도에서 날개가 펴지면 몸이 산산조각난다는 것을 알기에 조나단은 침을 삼켰다. 하지만 속도는 힘이었고, 속도는 환희였으며, 속도는 순수한 아름다움이었다.

그는 300미터 상공에서 수평비행을 시작했고, 거대한 바람 속에서 날개 끝이 턱턱 소리를 내며 둔해졌다. 바로 앞에서 배와 갈매기 떼가 기울고 유성처럼 빨리 다가왔다.

조나단은 멈출 수가 없었다. 아직 그는 그 속도에서 방향을 바꾸는 방법조차 몰랐다.

충돌하면 그 자리에서 죽을 터였다.

그래서 그는 눈을 감았다.

그날 아침, 일출 직후 갈매기 조나단 리빙스턴은 바람과 깃털들의 무시무시한 울부짖음 속에서 눈을 감고 시속 341킬로미터로 아침 먹이를 찾는 갈매기 무리 가운데로 돌진했다. 이번 한 번은 행운의 갈매기가 그에게 미소 지은 덕분에 아무도 죽지 않았다.

조나단이 부리를 창공으로 치켜들 즈음, 여전히 시속 257킬로미터의 속도로 날아가고 있었다. 속도를 32킬로미터로 늦추고 마침내 날개를 다시 펼치자, 1,200미터 아래 바다에 뜬 배가 부스러기처럼 보였다.

승리라는 생각이 들었다. 한계속도! 갈매기가 시속 344킬로미터로 비행하다니! 이것은 새로운 발견이자, 갈매기 역사상 가장 위대한 순간이었고, 그 순간 갈매기 조나단에게는 새로운 시대가 열렸다. 그는 홀로 연습했던 지역으로 가서, 2,400미터 상공에서 급강하하기 위해 날개를 접고 곧장 방향을 바꾸는 방법을 알아낼 채비를 했다.

엄청난 속도에서는 날개 끝 깃털 하나를 살짝 움직이면 매끄럽게 휘감듯 곡선을 그린다는 것을 그는 알아냈다. 하지만 이것을 배우기 전에 그 속도에서 깃털을 하나라도 움직이면 소총 탄환처럼 빙그르르 돈다는 것을 알게 되었고…… 조나단은 갈매기 역사상 최초의 곡예비행을 해냈다.

그날 그는 다른 갈매기들과 대화를 할 짬이 없이, 일몰이 지나도록 계속 날았다. 공중회전(loop), 완횡전(slow roll), 방위점 횡전(point roll), 배면회전(inverted spin), 거꾸로 낙하(gull bunt), 바람개비 돌기(pinwheel)를 알아냈다.

조나단이 해변에 모인 갈매기들과 합류했을 때는 한밤중이었다. 조나단은 어지럽고 몹시 고단했다. 하지만 기쁜 마음에 공중회전으로 착륙하면서 땅에 닿기 직전에 급횡전(snap roll)을 했다. 갈매기들이 이 말을 들으면, 이 성공에 대해 듣는다면 좋아서 야단법석일 거라고 생각했다. 이제 살아갈 이유가 얼마나 더 많은가! 단조롭게 낚싯배를 왔다 갔다 하는 것 이상의 사는 이유가 생겼지! 우린 무지에서 벗어날 수 있어. 우수하고 지적인, 기술이 뛰어난 우리 자신을 발견할 수 있다고. 우린 자유로울 수 있어! 비행하는 방법을 배울 수 있어!

앞에 펼쳐진 세월이 희망으로 활기를 띠고 빛났다.

조나단이 착륙하니 부족 회의가 소집되어 있었다. 갈매기들이 모인 지 한참 지났음이 분명했다. 사실 갈매기들은 기다리고 있었다.

"갈매기 조나단 리빙스턴! 중앙에 서라!"

부족장이 가장 격식 차린 말투로 말했다. '중앙에 서기'는 엄청난 치욕이거나 명예, 둘 중 하나를 의미했다. 갈매기들의 최고 우두머리로 지명될 때 명예로운 '중앙에 서기'를 했다. 조나단은 속으로 중얼댔다. 당연히 오늘 아침에 먹이를 구하러 나온 새들이 내 성공한 비

행을 본 거야! 하지만 난 명예 따위는 원하지 않아. 우두머리가 되고 싶은 마음도 없어. 내가 알아낸 것을 나누고, 우리 앞에 펼쳐진 그 수평선을 보여주고 싶을 따름이야. 그는 앞으로 나와 섰다.

부족장이 말했다.

"갈매기 조나단 리빙스턴! 동료 갈매기들이 보기에 치욕의 죄를 저질렀으니 중앙에 서라!"

나무판자로 얻어맞은 기분이었다. 무릎이 후들거리고 깃털이 늘어지면서 귀에서 윙윙 소리가 났다. 치욕? 말도 안 돼! 비행이 성공했다고! 그들은 이해 못 해! 그들이 잘못 안 거야, 잘못 안 거라고!

엄격한 목소리가 울려 퍼졌다.

"……무분별한 무책임, 갈매기 가족의 위엄과 전통을 깨고……."

치욕의 죄로 중앙에 서는 것은 그가 부족에서 추방되어, '머나먼 절벽'에서 혼자 살게 되는 것을 의미했다.

"……갈매기 조나단 리빙스턴, 언젠가는 무책임한 행위가 아무 득이 되지 않는다는 것을 배울 것이다. 삶은 알지 못하며 알 수도 없는 것이지. 다만 우리가 이 세상에 나온 것은 할 수 있는 데까지 먹고 살아남기 위해서라는 것만 알 수 있을 뿐."

갈매기는 부족 회의에서 말대꾸를 하면 안 되지만, 조나단은 언성을 높였다.

"무책임이요? 형제 여러분! 의미를, 삶의 더 숭고한 목표를 찾고 추구하는 갈매기보다 더 책임 있는 갈매기가 누구란 말입니까? 천 년간 우리는 물고기 머리나 쫓아다녔지만, 이제는 살아야 할 이유가 생겼습니다— 배우고, 발견하고, 자유로울 수 있게 되었습니다! 제게 한 번만 기회를 주십시오. 제가 알아낸 것을 여러분께 보여드릴……"

갈매기들은 망부석이 되어버린 것 같았다.

"형제 관계는 깨졌다."

갈매기들이 다 같이 말했고, 다 함께 귀를 닫고 조나단에게 등을 돌렸다.

~

그 후 조나단은 여생을 홀로 보냈지만 '머나먼 절벽' 너머까지 날아갔다. 그가 슬픈 것은 고독 때문이 아니라, 다른 갈매기들이 앞에 놓인 멋진 비행을 믿으려 하지 않아서였다. 그들은 눈을 뜨고 보기를 거부했다.

그는 하루하루 더 배워나갔다. 유선형의 고속 낙하를 하면 수심 3미터 깊이에 몰려 있는 희귀하고 맛 좋은 물고기들을 찾을 수 있다는 것을 알았다. 이제 낚싯배와 상한 빵 부스러기에 의지해 연명할 필요가

없었다. 그는 공중에서 자는 법을 배웠고, 밤중에 앞바다로 부는 바람을 가로지르는 여정을 시작해서 해 질 녘부터 해가 뜰 때까지 160킬로미터를 쭉 날았다. 똑같이 마음을 다스리며 짙은 바다 안개 속을 뚫고 비상해 눈부신 맑은 창공으로 접어들었다……. 그 순간 안개와 비밖에 모르는 다른 갈매기들은 땅바닥에 서 있었다. 조나단은 강풍을 타고 육지 깊이 들어가 그곳에서 맛 좋은 벌레들을 먹었다.

한때 조나단이 갈매기 모두를 위해 바랐던 것들을 이제 그 혼자 얻었다. 하늘을 나는 법을 배웠고, 그 대가로 치른 희생은 아쉽지 않았다. 갈매기들이 그렇게 단명하는 것이 따분함과 두려움과 분노 때문임을 그는 알았다. 머릿속에 그런 것들이 없는 조나단은 훌륭한 삶을 오래 살았다.

그들은 저녁때 왔고, 조나단은 애지중지하는 하늘을 평온하게 홀로 날고 있었다. 그의 날개 옆에 나타난 두 갈매기는 별빛처럼 순수했고, 높은 밤하늘에 은은하고 정겨운 빛을 내뿜었다. 하지만 무엇보다 멋진 것은 그들의 비행 기술이었다. 그들은 날개 끝을 정확히 움직이면서 계속 조나단에게 바싹 붙어서 날았다.

조나단은 한마디도 말하지 않고 그들을 시험했다. 어떤 갈매기도 시험에 통과한 적이 없었다. 그는 날개를 비틀어 시속 1.6킬로미터의 속도로 정지하다시피 천천히 날았다. 빛나는 새 두 마리는 조나단과 함께 속도를 늦추고 편대를 유지했다. 그들은 천천히 나는 것에 대해 알고 있었다.

조나단이 날개를 접고 횡전해서 시속 305킬로미터로 급강하했다. 그들도 조나단을 따라 흐트러지지 않고 강하했다.

마침내 조나단은 속도를 그대로 올리면서 길게 수직으로 완횡전했다. 그들도 미소 지으면서 함께 횡전했다.

조나단은 수평비행으로 되돌아갔고, 잠시 가만히 있다가 입을 열었다.

"아주 잘하는군. 당신들은 누굽니까?"

"그대의 부족에서 왔소, 조나단. 우리는 그대의 형제들이오."

강인하고 차분한 말투였다. 그가 다시 말했다.

"그대를 더 높이 데려가려고 왔소. 그대를 집으로 데려가려고."

"나는 집이 없습니다. 나는 부족도 없어요. 나는 추방자입니다. 그리고 지금 우리는 '큰 산 바람'의 꼭대기를 날고 있습니다. 몇백 미터 위로는 이 늙은 몸뚱이를 끌어 올릴 수가 없지요."

"하지만 그대는 할 수 있소, 조나단. 그대는 수행했으니까. 하나의 단계가 마무리되고, 다른 단계가 시작될 때가 온 거요."

평생 그랬듯, 그 순간 갈매기 조나단에게 문득 깨달음이 일어났다. 그들이 옳았다. 그는 더 높이 날 수 있었고 이제 집으로 갈 때였다.

조나단은 마지막으로 하늘을 오래오래 둘러보았다. 그렇게도 많은 것을 배웠던 광활하게 펼쳐진 은빛 대지.

"준비됐습니다."

마침내 그가 말했다.

그리고 갈매기 조나단 리빙스턴은 별빛처럼 환한 두 갈매기와 함께 날아올라 칠흑같이 어두운 밤 속으로 사라졌다.

2

　　　　　　　　　　　　그러니까 이게 천국이군.

그는 속으로 중얼대다가 빙그레 웃지 않을 수 없었다. 천국에 날아든 바로 그 순간, 시시콜콜 살피기나 하다니 점잖은 행동이 아니었다.

　이제 그는 지상을 벗어나 구름 무리 위를 지나, 빛나는 두 갈매기와 가까이 편대를 이루어 날았다. 그러면서 자신의 몸이 두 갈매기처럼 점점 환해지는 것을 보았다. 그렇다, 젊은 갈매기 조나단이 거기 있었다. 그의 황금빛 눈 뒤에 늘 살고 있었지만 외모는 바뀐 조나단이 거기 있었다.

　갈매기의 몸으로 느껴졌지만 이미 예전의 몸이 날던 것보다 훨씬 잘 날았다. 이럴 수가! 힘을 절반만 써도 속도는 두 배나 빠르고, 지상의 전성기 때보다 두 배는 잘 날겠는걸!

　이제 그의 깃털이 흰빛으로 반짝거렸고, 날개는 광을 낸 은판처럼 매끈하고 아름다웠다. 그는 기분 좋게 날개에 대해 익히기 시작하며 새 날개에 힘을 넣었다.

시속 400킬로미터에서 조나단은 수평비행 최고 속도에 근접하고 있다고 느꼈다. 440킬로미터에서는 가능한 최대속력으로 날고 있다는 생각이 들면서 은근히 실망스러웠다. 새 몸이 능력을 발휘하는 데는 한계가 있었고, 예전 수평비행 기록보다 훨씬 빠른 듯했지만 그래도 한계는 있어서 극복하려면 많은 노력이 필요할 터였다. 그는 천국에는 한계가 없는 줄 알았지, 라고 생각했다.

구름이 갈라지자 그를 안내하던 갈매기들이 말했다.

"멋진 여행을 해요, 조나단."

그러더니 그들은 창공으로 사라졌다.

조나단은 바다 위를 날아 들쭉날쭉한 해안선으로 향했다. 얼마 안되는 갈매기들이 절벽 위에서 상승기류를 타고 날고 있었다. 멀리 북쪽으로 수평선 위에서 다른 갈매기 몇 마리가 날아다녔다. 새로운 풍경을 보자 새로운 생각과 새로운 궁금증이 생겼다. 왜 갈매기가 이렇게 없을까? 천국이라면 갈매기들로 북적대야 하는데! 또 난 왜 이리 갑자기 피곤하지? 천국에서는 갈매기들이 고단하거나 잠을 안 잘텐데.

어디서 그런 말을 들었더라? 지상에서 살았던 기억이 점점 빠져나가고 있었다. 물론 지상은 그가 참 많은 것을 배운 곳이지만, 소소한 부분들이 흐릿했다— 먹이를 구하려고 싸우고 추방자가 된 일에 대한 부분이 희미해졌다.

해안가의 갈매기 열댓 마리가 그를 마중나왔지만 아무도 한마디도 하지 않았다. 조나단은 그저 환영받는 기분과 여기가 집이라는 느낌만 들었다. 그에게는 엄청난 하루여서, 이날 새벽이 기억나지 않았다.

조나단은 해변에 착륙하려고 몸을 돌려 지면 바로 위에서 날갯짓을 멈추고 가볍게 모래사장으로 내렸다. 다른 갈매기들도 착륙했지만, 어느 누구도 깃털 하나 펄럭이지 않았다. 그들은 빛나는 날개를 쭉 뻗고 바람을 타다가, 깃털의 각도를 바꿔 발이 지면에 닿는 순간 멈추었다. 멋진 제어력이었지만 이제 조나단은 너무나 고단해서 시도해볼 수가 없었다. 여전히 한마디도 듣지 못한 채 그는 그곳 모래밭에 서서 잠들었다.

하루하루 지나면서 조나단은 떠나온 생과 다름없이 이곳에서도 비행에 대해 배울 게 많다는 것을 알았다. 하지만 차이가 있었다. 이곳의 갈매기들은 조나단처럼 생각했다. 각자에게 삶에서 가장 중요한 것은, 자신이 가장 하고 싶은 일에 노력해서 완벽에 도달하는 것이었다. 그리고 가장 하고 싶은 일은 바로 비행이었다. 그들은 하나같이 위풍당당한 새였고, 매일 몇 시간이고 비행하고 어려운 기술들을 시도하며 보냈다.

오랫동안 조나단은 떠나온 세상을 잊고 살았다. 그곳에서는 갈매기들이 비행하는 환희를 외면하고 살았다. 날개는 먹이를 찾고 먹이 때문에 싸우는 수단으로 사용했다. 하지만 이따금 순간적으로 기억이 떠올랐다.

　어느 날 아침 스승과 나갔을 때도 기억이 났다. 그들이 날개를 접은 급횡전을 익힌 후 해안에서 쉬고 있을 때였다.

　"모두 어디 있습니까, 설리번? 왜 여기 갈매기들이 더 없습니까? 음, 제가 떠나온 곳에서는……."

　조나단이 소리 내지 않고 물었다. 이제 그는 갈매기들이 끽끽 꽥꽥 소리 대신 쓰는 느긋한 텔레파시가 아주 편했다.

　"……수천 마리의 갈매기가 있었겠지. 나도 안다."

　설리번은 고개를 흔들었다. 그가 말을 이었다.

　"내가 알 수 있는 단 한 가지 대답은 네가 백만 중의 하나인 아주 뛰어난 새라는 것이란다, 조나단. 대부분의 새들은 아주 더디게 나아왔지. 대부분 한 세상에서 거의 똑같은 다른 세상으로 오면서 이전 세상은 까맣게 잊었고, 우리가 어디로 향하는지 개의치 않고 순간을 위해 살고 있지. 먹거나 싸우거나 무리 안에서 힘을 발휘하는 것 이상의 무언가가 있다는 생각을 처음 떠올리기까지 몇 생이나 살아야 하는지 알아? 존, 천 번의 생, 만 번의 생이란다! 그런 다음 백 번을 더 살아야 우리는 완벽함이라는 게 있다는 것을 알기 시작하고, 다시 백 번을 더 살아야 사는 목적이 그 완벽함을 찾고 그것을 보이기 위해서임을 터득하기 시작하지. 물론 이제 우리는 똑같은 규칙을 적용받지. 우리는 이번 생에서 배운 것을 통해 다음 생을 선택한단다. 아무것도 배우지 못하면 다음 생은 이번 생과 똑같아. 한계도 똑같고 감당해야 할 무거운 짐도 똑같지."

설리번은 날개를 펴고 몸을 돌려 바람과 마주했다. 그는 말했다.

"하지만 존, 너는 한 번에 아주 많은 것을 배웠기에 이 세상에 다다르기 위해 천 번의 생을 겪을 필요가 없었단다."

잠시 후 그들은 다시 공중에서 수련을 했다. 편대를 이룬 방위점 횡전은 까다로웠다. 절반을 거꾸로 뒤집으면서 조나단은 거꾸로 생각해야 했기 때문이었다. 날개의 회전을 뒤집어 생각하고, 스승과 정확히 맞추어서 뒤집어야 했다.

"다시 해보자꾸나."

설리번이 거듭해서 말했다.

"다시 해보자."

마침내 그가 말했다.

"잘했다."

그리고 그들은 바깥 공중회전을 연습하기 시작했다.

어느 저녁, 야간 비행을 하지 않는 갈매기들이 모래밭에 모여 서서 명상 중이었다. 조나단은 있는 용기를 다 짜내서 족장 갈매기에게 걸어갔다. 그가 곧 이 세상 너머로 갈 거라고들 했다.

"챙……."

조나단이 조금 초조하게 말했다.

늙은 갈매기는 인자하게 그를 바라보았다.

"그래, 무슨 일인가?"

족장은 세월 때문에 쇠약해진 게 아니라 오히려 힘을 얻었고, 무리 중 누구보다 빨리 날 수 있었다. 그리고 다른 갈매기들은 겨우 시나브로 알아가는 기술들을 그는 다 꿰고 있었다.

"챙, 이 세계는 천국이 아니지요. 맞습니까?"

족장은 달빛 속에서 빙긋 웃었다.

"자네는 다시 배우고 있구먼, 조나단."

그가 말했다.

"저기, 이 세계 다음은 어떻게 됩니까? 우리는 어디로 가는 겁니까? 천국 같은 곳이 있기는 합니까?"

"아니라네, 조나단. 그런 곳은 없지. 천국은 장소가 아니고, 시간도 아니라네. 완벽한 것이 곧 천국이지."

족장은 한동안 침묵을 지켰다. 그가 다시 입을 열었다.

"자네는 무척 빨리 나는 갈매기지, 안 그런가?"

"저…… 저는 속도를 즐깁니다."

조나단이 말했다. 깜짝 놀랐지만 족장이 알아봐줘서 으쓱했다.

"완벽한 속도에 접하는 순간, 자네는 천국에 접하기 시작할 걸세, 조나단. 그리고 그것은 시속 천 킬로미터로 나는 것도, 백만 킬로미터로 나는 것도, 빛의 속도로 나는 것도 아니지. 왜냐하면 그 어떤 숫자도 한계인데 완벽에는 한계가 없으니까. 완벽한 속도는 그저 그곳에 있는 것이라네."

챙은 경고도 없이 사라졌다가 눈 깜빡할 사이에 15미터쯤 떨어진 물가에 나타났다. 그러더니 다시 사라졌다가 똑같이 순식간에 조나단의 어깨에 서 있었다. 족장이 말했다.

"재미있지."

조나단은 넋이 나갔다. 천국에 대해 묻는 것도 잊어버렸다.

"어떻게 그렇게 하는 겁니까? 그렇게 하면 어떤 느낌이 듭니까? 족장께서는 얼마나 멀리 가실 수 있습니까?"

족장이 대답했다.

"어디든, 언제든 가고 싶은 곳에 갈 수 있네. 나는 어느 곳이든 언

제든 생각이 나는 대로 다녔지."

그는 바다를 내다보았다. 그리고 말을 이었다.

"이상하지. 이동하는 것에 신경 쓰느라 완벽 따윈 안중에 없는 갈매기들은 느리게라도 아무 데도 못 가지. 완벽함에 신경을 쓰고 이동은 안중에 없는 갈매기들은 당장 어디에든 갈 수 있거든. 명심하게, 조나단. 천국은 어떤 장소나 시간이 아니라네. 장소와 시간은 너무도 무의미하기 때문이야. 천국은……."

"제게 그렇게 나는 법을 가르쳐주실 수 있습니까?"

갈매기 조나단은 알려지지 않은 또 다른 것을 정복한다는 데 몸이 떨렸다.

"물론이네, 자네가 배우고 싶다면."

"배우고 싶습니다. 언제 시작할 수 있습니까?"

"당장이라도 시작할 수 있네, 자네가 그러고 싶다면."

"그렇게 나는 법을 배우고 싶습니다. 무엇을 해야 하는지 말씀해주십시오."

조나단이 말했다. 그의 눈에 묘한 빛이 번뜩였다.

챙은 느릿느릿 말하면서 그보다 젊은 갈매기를 아주 찬찬히 바라보았다.

"생각만큼 빨리 날려거든, 어디든 가려거든 자네가 이미 도착했다는 것을 아는 것에서 시작해야 하네."

챙에 따르면 조나단은 자신을 폭 1미터의 날개가 달린 제한된 몸뚱이에 갇혀 지도에 표시할 수 있는 행위를 하는 존재로 보는 것을 중단해야 했다. 그의 진정한 본성은 기록하지 않은 숫자처럼 완벽하게, 시공을 초월해 어디에서나 살고 있음을 아는 게 비법이었다.

～

조나단은 매일 해 뜨기 전부터 한밤중까지 혹독하게 수련했다. 그런데 온갖 노력에도 불구하고 그는 있는 자리에서 조금도 나아가지 못했다.

챙이 반복해서 말했다.

"신념은 잊어버려! 나는 데 필요한 건 신념이 아니라, 비행을 이해하는 것이었지. 이것도 똑같다네. 이제 다시 해보게……."

그러던 어느 날 조나단은 해변에 서서 눈을 감고 집중하다가, 문득 챙이 계속 한 말의 의미를 깨달았다.

"아, 맞아! 나는 완벽하고 한계가 없는 갈매기야!"

그는 어마어마하게 충격적인 희열을 느꼈다.

"잘했네!"

챙이 득의만만한 목소리로 외쳤다.

조나단이 눈을 떴다. 그는 전혀 다른 해안에 족장과 단둘이 서 있었다― 물가에 나무들이 있고, 머리 위에서 노란 태양 두 개가 돌고 있었다.

"마침내 깨달음을 얻었군. 하지만 마음을 다스리는 부분은 좀 가다듬어야……."

조나단은 어리둥절했다.

"여기가 어딥니까?"

족장은 낯선 주변이 아무렇지도 않은 듯 그 질문을 넘겼다.

"우린 초록색 하늘과 별 두 개가 태양인 어느 행성에 있나 보군."

조나단은 기뻐서 소리를 질렀다. 지상을 떠난 후 처음 내는 소리였다.

"된다!"

"음, 당연히 되지, 존. 자신이 무얼 하고 있는지 알고 있을 때는 언제나 된다네. 이제 마음을 다스리는 것에 대해서……."

＜

그들이 돌아갈 즈음 날이 어두웠다. 다른 갈매기들은 경외심을 담은 금빛 눈으로 조나단을 바라보았다. 그들은 그가 오랫동안 꼼짝 않고 있다가 사라지는 것을 지켜봤었다.

조나단은 갈매기들의 축하를 받고 있기가 힘들었다.

"저는 여기 새로 왔습니다! 막 배우기 시작했을 뿐이지요! 여러분에게 배워야 하는 건 접니다!"

"그럴까 싶구나, 존. 내가 만 년간 봐온 갈매기 중에서 배우는 데 가장 두려움이 없는 갈매기는 자네야."

가까이 서 있던 설리번이 말했다. 갈매기들은 침묵에 빠졌고 조나단은 민망해서 안절부절못했다.

챙이 말했다.

"자네가 원한다면 과거와 미래를 날 수 있을 때까지 시간을 다뤄볼 수 있네. 그러면 가장 까다롭고 강력하면서 재미있는 것을 시작할 준비가 갖춰지지. 자네는 훨훨 날아올라 친절과 사랑의 의미를 알 준비를 갖추게 될 걸세."

한 달이 흘렀다. 아니면 한 달로 느껴진 것뿐일 수도 있었다. 조나단은 어마어마한 속도로 배워나갔다. 전에도 늘 평범한 경험에서 재빨리 배웠던 그는 이제 족장의 수제자가 되어 새로운 관념들을 받아들였다. 유선형의 깃털 달린 컴퓨터가 따로 없었다.

그러다가 챙이 사라지는 날이 왔다. 그는 갈매기 모두에게 나직하게 말하고 있었다. 챙은 배우고 익히기를 중단하지 말라고, 모든 삶의 보이지 않는 완전한 이치를 더 많이 이해하려고 계속 애쓰라고 갈매기들을 독려했다. 그가 말하는 동안 깃털이 점점 더 환해지더니, 마침내 너무 눈부셔서 어느 갈매기도 그를 쳐다볼 수 없었다.

"조나단, 계속 사랑을 연마하게."

그게 챙이 남긴 마지막 말이었다.

갈매기들이 다시 앞을 볼 수 있게 되었을 때 챙은 거기 없었다.

하루하루 흐르면서 조나단은 자기도 모르게 반복해서 떠나온 지상을 떠올렸다. 그곳에 있을 때 이곳에서 아는 것의 10분의 1이라도, 100분의 1이라도 알았더라면, 삶은 얼마나 더 의미 있었을까! 그는 모래밭에 서서 의문에 빠져들었다. 비행의 의미를 배에서 나오는 부스러기나 먹으러 가는 수단 이상으로 보고, 자신의 한계를 깨려고 애쓰는 갈매기가 있을까? 어쩌면 부족 앞에서 진실을 말한 탓에 추방된 갈매기가 있을지도 몰랐다. 조나단은 친절에 대해 배운 것을 수련하고 사랑의 본질을 알려고 노력할수록, 더욱 지상에 돌아가고 싶어졌다. 외로운 과거를 보냈지만 갈매기 조나단은 타고난 선생이었고, 체험으로 진실을 터득할 기회를 구하는 갈매기에게 그가 아는 진실을 알려주는 것이 조나단이 사랑을 펼치는 방식이었다.

이제 생각으로 나는 법을 익혀서 다른 갈매기들에게 전수해주는 설리번은 염려했다.

"존, 예전에 너는 추방자였다. 왜 이전 생의 어느 갈매기가 이제 와서 네 말에 귀를 기울일 거라고 생각하지? '가장 높이 나는 갈매기가 가장 멀리 본다'라는 격언을 알겠지. 그건 사실이야. 네가 떠나온 갈매기들은 꽥꽥대고 서로 아웅다웅하며 땅바닥에 서 있어. 그들은 천상에서 아주 멀리 있건만 너는 그들이 서 있는 곳에서 천상을 보여주고 싶다고 말하는구나! 존, 그들은 제 날개 끝도 못 보는 자들이야! 이곳에 그대로 있거라. 새로 온 갈매기들을 도와줘. 그들은 네가 알려주는 것을 알아들을 만큼 고결한 갈매기들이다."

설리번은 잠시 가만히 있다가 말을 이었다.

"만약 챙이 전에 살던 세계로 돌아갔다면 어땠을까? 그랬다면 오늘날의 네가 있었겠니?"

마지막 말이 설득력이 있었고 설리번이 옳았다. 가장 높이 나는 갈매기가 가장 멀리 본다.

조나단은 머물면서 새로 들어오는 갈매기들과 공부했다. 그들은 아주 총명해서 얼른 배웠다. 하지만 예전에 느꼈던 감정이 되살아났고, 조나단은 지상에도 배울 수 있는 갈매기가 한둘은 있을 거라고 생각하지 않을 수가 없었다. 그가 추방당한 날 챙이 그에게 왔더라면 지금쯤 그는 얼마나 더 많이 알고 있을까!

마침내 그가 말했다.

"설리, 저는 돌아가야겠습니다. 스승님의 제자들은 잘해나가고 있습니다. 스승님이 새 갈매기들을 이끄는 것을 그들이 도울 수 있을 겁니다."

설리번은 한숨을 지었지만 토를 달지 않았다.

"네가 그리울 것 같구나, 조나단."

그가 한 말은 그것뿐이었다.

조나단이 나무라듯 말했다.

"설리, 부끄러운 말씀 마세요! 어리석게 굴지도 말고요! 우리가 매일 수련하는 게 무엇입니까? 우리의 우정이 공간과 시간 따위에 좌우된다면, 우리가 마침내 시공을 초월할 때 형제애는 없어져버렸을 겁니다! 하지만 공간을 초월하면 '이곳'만 남습니다. 시간을 초월하면 '지금'만 남지요. 그러니 '이곳'과 '지금'의 한가운데서 우리가 한두 번은 마주치지 않겠습니까?"

설리번은 도리 없이 웃음을 터뜨렸다.

"정신 나간 새 같으니. 땅에 있는 이에게 수천 킬로미터를 보는 방법을 가르칠 수 있는 새가 있다면 바로 조나단 리빙스턴일 거야."

그가 모래를 내려다보며 말했다.

"잘 가게, 내 친구 존."

"안녕히 계십시오, 설리. 우린 다시 만날 겁니다."

그 말과 함께 조나단은 다른 시간대의 해안가에 잔뜩 모인 갈매기들의 이미지를 생각 속에 떠올렸다. 그는 수련 덕분에 쉽게 알았다. 그가 뼈와 깃털로 만들어진 게 아니라, 아무 거슬릴 것 없는 자유와 비상으로 이루어진 완전한 관념이라는 것을.

갈매기 플레처 린드는 아직 매우 젊지만, 어떤 갈매기도 다른 종족에게 그런 푸대접이나 부당한 대우를 받은 적이 없다는 것을 이미 알고 있었다.

'저들이 뭐라고 지껄이든 난 상관없어.'

그는 매몰차게 생각했다. 머나먼 절벽들을 향해 날아가는데 시야가 흐릿했다. 플레처는 속으로 중얼댔다.

'여기서 저기로 날개를 퍼덕이는 게 비행의 전부는 아닐 거야! 어…… 음…… 모기도 그건 한다고! 재미 삼아 족장 갈매기 주위에서 가볍게 배럴회전(barrel-roll, 수평으로 나선형을 그리는 횡전 비행―옮긴이) 한 번 했는데 추방자가 되다니! 저들은 눈이라도 먼 거야? 안 보이는 거야? 우리가 정말로 나는 법을 배우면 어떤 영광을 누릴지 생각 못 하는 거야?'

'저들이 어떻게 생각하든 난 상관없어. 나는 게 뭔지 똑똑히 보여줄 거야! 저들이 원하는 게 그거라면 난 순수한 추방자가 될 거야. 그

리고 진짜 후회하게 만들어주지⋯⋯.'

그의 머릿속에서 목소리가 흘러나왔고, 아주 부드러운 소리였지만 플레처는 화들짝 놀라서 공중에서 움찔하고 멈칫댔다.

"그들에게 심하게 굴지 말거라, 플레처. 너를 추방하면서 그들은 스스로를 아프게 했을 뿐이다. 그리고 어느 날 그들은 그것을 깨닫게 될 테고, 어느 날엔가 그들은 네가 아는 것을 알게 되겠지. 그들을 용서하고 그들이 깨우치게 도와주거라."

오른쪽 날개 끝 바로 옆으로 세상에서 가장 눈부신 흰 갈매기가 날고 있었다. 그 갈매기는 깃털 하나 움직이지 않고도 플레처의 최고 속력에 가까운 빠르기로 힘들이지 않고 쑤욱 움직였다.

순간적으로 젊은 새는 혼돈에 휩싸였다.

'무슨 일이 벌어지는 거야? 내가 미친 거야? 내가 죽었나? 이게 뭐지?'

그의 가슴속에서 낮고 잔잔한 목소리가 계속 울리며 대답을 채근했다.

"플레처 린드, 그대는 날고 싶은가?"

"네, 날고 싶어요!"

"플레처 린드, 부족을 용서하고 배워서 어느 날 그들에게 돌아가 그들이 이해하도록 돕기 위해 애쓸 만큼 날고 싶은가?"

이 장엄하고 능수능란한 존재에게 거짓말을 할 수는 없었다. 플레처처럼 잘난 체하거나 상처받은 새라도 그럴 수는 없었다.

"그렇습니다."

젊은 새가 조용히 대답했다.

"그렇다면 플레처……, 수평비행부터 시작해보자……."

빛나는 존재가 그에게 말했다. 다정다감한 목소리였다.

3

조나단은 눈여겨보면서 머나먼 절벽 위를 천천히 선회했다. 이 원기 왕성한 젊은 갈매기 플레처는 흠잡을 데가 거의 없는 비행 수련생이었다. 공중에서 강하고 가볍고 민첩했지만, 훨씬 더 중요한 것은 그가 비행을 배우려는 불타는 욕구를 가진 점이었다.

이 순간 그는 흐릿한 회색 형체로 급강하하다가 시속 240킬로미터로 스승 옆을 지나갔다. 플레처는 불쑥 16방위점 수직 완횡전을 시도하며 큰 소리로 그 수를 헤아렸다.

"여덟…… 아홉…… 열…… 보세요, 조나단, 제, 대기속도가, 줄고, 있어요……. 열하나…… 스승님처럼, 깔끔하게, 정지하고, 싶은데…… 열둘…… 빌어, 먹게도, 할, 수가…… 열셋…… 세 번, 남은, 방위점을…… 전혀…… 열넷…… 아아악!"

플레처의 급실속(whipstall)은 실패에 대한 분노와 부아 때문에 더 악

화되었다. 그는 나자빠지며 떨어져서 거세게 거꾸로 뱅글뱅글 돌다가, 마침내 스승보다 30미터 아래에서 숨을 헐떡이며 중심을 잡았다.

"저를 붙들고 시간 낭비하시는 거예요, 조나단! 저는 바보 멍청이예요! 너무 미련해요! 아무리 시도해도 제대로 못할 거예요!"

조나단은 그를 내려다보면서 고개를 끄덕였다.

"네가 그렇게 쌩하고 급상승하는 한 제대로 못하고말고. 플레처, 너는 도입 부분에서 시간당 64킬로미터의 속도를 잃었지! 매끄럽게 해야 해! 확실하면서도 매끄럽게, 알겠니?"

그는 젊은 갈매기와 같은 높이로 내려갔다.

"이제 편대를 이루어서 다시 해보도록 하자. 그리고 급상승에 신경쓰도록 해라. 매끄럽게, 느긋하게 시작하는 거야."

〜

3개월이 지나갈 무렵 조나단의 제자는 여섯이 되었다. 모두 추방자였지만, 하늘을 나는 즐거움 때문에 비행한다는 독특하고 새로운 개념에 호기심이 많았다.

그래도 그들로서는 그 이면의 논리를 이해하는 것보다는 고도의 기술을 연마하는 게 더 쉬웠다.

조나단은 저녁이 되면 해변에서 말하곤 했다.

"우리 각자는 본질상 위대한 갈매기라는 관념이며, 자유라는 무한한 관념이지. 또 정밀한 비행은 우리의 본성을 드러내는 발걸음이란다. 우리를 구속하는 모든 것을 무시해야 한다. 그렇기 때문에 이 모든 고속 연습, 저속과 곡예를……"

……그즈음 제자들은 그날의 비행에 지쳐서 곯아떨어지곤 했다. 그들은 연습을 좋아했다. 빠르고 짜릿했고, 또 매번 수업하면서 점점 더 커지는 배움에 대한 허기를 풀어주었으니까. 하지만 제자 중 아무도, 심지어 플레처 린드마저도 관념의 비행이 바람과 깃털의 비행 못지않게 현실적일 수 있다는 것을 믿지 않았다.

다른 날 조나단은 말했다.

"날개 끝부터 날개 끝까지 몸 전체는, 너희의 생각 자체가 볼 수 있는 형태일 뿐이다. 생각의 사슬을 끊고 육체의 사슬도 끊어라……"

하지만 그가 어떻게 말하더라도 재미난 이야기로만 들렸고, 제자들에게는 그보다 잠이 더 필요했다.

겨우 한 달 지났을 때 조나단은 부족에게 돌아갈 때가 되었다고 말했다.

헨리 캘빈이 말했다.

"저희는 준비가 되지 않았습니다! 저희는 환영받지 못합니다! 추방당한걸요! 환영받지 못하는 곳에 밀고 들어갈 수는 없지 않나요?"

"우리는 원하는 곳에 갈 수 있고, 원하는 대로 될 자유가 있다."

조나단은 대답한 후, 모래사장에서 떠올라 갈매기 부족의 주거지인 동쪽으로 향했다.

제자들 사이에 짧은 고민이 있었다. 추방자는 돌아가지 않는 것이 부족의 법이었고, 만 년의 세월 동안 누구도 부족의 법을 어긴 적이 없었다. 법은 머물라 했고 조나단은 가라고 했다. 이즈음 그는 바다 위로 1.5킬로미터 남짓 날아가고 있었다. 그들이 더 시간을 끌면 스승은 혼자서 적대적인 부족과 대면할 터였다.

"흠, 우리가 부족의 일원도 아닌데 법을 지킬 필요가 없지 않나? 게다가 싸움이라도 벌어지면, 우리가 여기보다 거기 있는 게 한결 도움이 될 거야."

플레처가 좀 소심하게 말했다.

그래서 그날 아침 여덟 마리의 갈매기는 날개 끝이 겹칠 만큼 붙어서 이중 다이아몬드 대형으로 서쪽에서 날아갔다. 그들은 시속 217킬로미터의 속도로 부족 회의 장소인 해안으로 날아들었다. 조나단이 선두에, 플레처가 오른편에, 헨리 캘빈은 투지 있게 왼편에 섰다. 편대 전체가 한몸처럼 오른쪽으로 완횡전하다가…… 수평으로…… 거기서…… 배면…… 거기서…… 수평으로…… 바람이 모두를

매섭게 몰아쳤다.

편대가 거대한 칼이 되어 갈매기 부족의 꽥꽥 깍깍 하는 일상적인 소리를 베어버린 듯 조용했고, 8천 개의 눈이 깜빡임 하나 없이 지켜보았다. 여덟 갈매기가 차례로 급상승해서 크게 공중회전하고 쭉 날아서 모래밭에 천천히 선 자세로 내렸다. 그런 다음 이것이 일상사라도 되는 듯 조나단이 비행에 대해 평하기 시작했다.

그가 쓴웃음을 지으면서 말했다.

"먼저 너희 모두 합류하는 데 조금 늦었다……."

갈매기 부족 위로 번개가 내려친 것 같았다. 저들은 추방자들이야! 그런데 돌아오다니! 또 이건…… 이건 있을 수 없는 일이야! 싸울 줄 알았던 플레처의 예상은 갈매기들의 혼돈 속에 녹아버렸다.

젊은 갈매기 몇몇이 중얼댔다.

"음, 확실하네. 맞아. 저들은 추방자야. 그런데 어라, 어디서 저런 비행을 배웠을까?"

족장의 지침이 부족에게 전달되기까지 한 시간 가까이 걸렸다. 그들을 무시하라. 추방자와 말을 나누는 갈매기는 추방될 것이다. 추방자를 구경하는 갈매기는 부족의 법을 어기는 것이다.

그 순간부터 잿빛 깃털투성이의 갈매기들은 등을 돌렸지만, 조나단은 의식하지 않는 듯했다. 그는 부족의 해변 바로 위에서 수업을

진행했고, 능력의 한계를 뛰어넘으라고 처음으로 제자들을 독려하기 시작했다.

그가 하늘에서 소리쳤다.

"마틴! 너는 저속 비행을 안다고 말하지. 그걸 증명하기 전까지는 아는 것이 아니다! 날아라!"

말수가 없는 마틴 윌리엄은 놀랐지만 곧 스승의 불같은 열정에 사로잡혔다. 그리고 저속 비행의 대가가 되어 자신도 놀랐다. 아주 가벼운 바람 속에서 그는 날개 한 번 퍼덕이지 않고 깃털을 굽혀 모래밭에서 구름까지 갔다가 다시 내려올 수 있었다.

마찬가지로 찰스 롤런드는 7,315미터 높이의 '큰 산 바람'에 날아갔다가, 찬 공기 때문에 파랗게 질려서 불쑥 내려왔지만, 놀라움과 행복을 느끼며 내일 더 높이 오르겠다고 다짐했다.

누구보다 곡예비행을 좋아하는 플레처는 16방위점 수직 완횡전을 완전히 터득했고 다음 날은 세 번 옆으로 공중회전을 하는 쾌거를 이루었다. 하얀 햇살이 그의 깃털에 반사되어 해변에 쏟아졌고, 그곳에서는 갈매기들이 은밀히 지켜보고 있었다.

매시간 조나단은 각각의 제자 옆에서 시범을 보이고 충고하고, 독려하고 이끌었다. 그가 재미 삼아 그들과 함께 밤과 구름과 폭풍우 사이를 누비는 동안, 갈매기 부족은 땅에 처량하게 모여 있었다.

비행이 끝나면 제자들은 모래밭에서 쉬었고, 시간이 흐르면서 그들은 조나단의 말에 더 귀를 기울였다. 스승은 그들이 이해할 수 없는 몇몇 어처구니없는 이야기도 했지만, 개중에는 알아들을 수 있는 멋진 내용도 있었다.

밤이면 점점 둥글게 모인 제자들 뒤로 다른 원이 생겼다─ 호기심 많은 갈매기들이 둥그렇게 모여서 어둠 속에서 몇 시간이고 이야기를 들었다. 그들은 서로 보는 것도, 보이는 것도 원하지 않아서 동트기 전에 슬그머니 흩어졌다.

귀환한 지 한 달이 지났을 때였다. 갈매기 부족 중 처음으로 어느 갈매기가 선을 넘어와 비행술을 배우게 해달라고 청했다. 이 요청으로 인해 테런스 로웰은 벌을 받고 추방자 딱지가 붙었다. 그리고 조나단의 여덟 번째 제자가 되었다.

다음 날 밤 부족에서 커크 메이너드가 날개를 질질 끌고 모래밭을 비척비척 걸어와 조나단의 발치에 주저앉았다.

"도와주세요. 저는 세상에서 가장 하고 싶은 일이 나는 것입니다……."

그가 아주 조용하게 말했다. 죽어가는 자의 말투였다.

조나단이 말했다.

"그러면 같이 가보자. 나와 같이 땅을 차고 올라 시작해보자."

"사정을 모르시네요. 제 날개요. 저는 날개를 움직일 수가 없는걸요."

"메이너드, 지금 여기에서 너 스스로, 네 본모습이 될 수 있는 자유를 가졌고 그 무엇도 네 길을 막을 수는 없다. 그것이 '위대한 갈매기'의 법, 진짜 법이다."

"제가 날 수 있다는 말인가요?"

"나는 네가 자유롭다고 말하는 것이다."

그러자 커크 메이너드는 조나단처럼 간단하고 재빨리 수월하게 날개를 펴고, 어두운 밤하늘로 떠올랐다. 그가 150미터 상공에서 있는 힘껏 외치는 소리에 부족의 갈매기들이 잠에서 깼다.

"나는 날 수 있다! 잘 들어! 나는 날 수 있다고!"

해 뜰 무렵 천 마리에 가까운 새들이 제자들 뒤쪽에 서서, 호기심 어린 눈초리로 메이너드를 보고 있었다. 그들은 남의 눈 따위는 의식하지 않고 갈매기 조나단의 말을 이해하려고 애쓰며 경청했다.

조나단은 아주 단순한 것들에 대해 말했다― 갈매기가 비행하는 것이 옳다는 것. 자유가 존재의 본성이라는 것. 그 자유를 막아서는 것은 무엇이든 무시해야 한다는 것. 그게 의식이든 미신이든 어떤 행태의 제약이든.

무리 중 누군가가 말했다.

"부족의 법이라고 해도 무시하라는 겁니까?"

조나단이 대답했다.

"단 하나의 진실한 법은, 자유로 이어지는 법이다. 다른 법은 없다."

다른 갈매기가 말했다.

"어떻게 저희가 당신처럼 날 것이라고 기대하십니까? 당신은 특별하고 재능이 있고 성스러운데요, 다른 새들보다 위에 계시지 않습니까."

"플레처를 보라! 로웰을! 찰스 롤런드를! 주디 리를! 그들 역시 특별하고 재능이 있고 성스러운가? 그대들보다 나을 게 없으며, 나보다 나을 게 없다. 유일하게 다른 점, 딱 하나의 차이는 그들은 본디 자기가 누구인지 이해하기 시작했고 그것을 수행하기 시작했다는 것뿐이다."

플레처를 제외한 제자들은 불편해서 자리를 비켰다. 그들은 자신들이 그것을 하고 있다는 것을 미처 깨닫지 못했다.

나날이 무리가 커져갔다. 그들은 와서 질문하고 숭배하고 조롱했다.

～

"갈매기들 사이에 스승님이 '위대한 갈매기의 아들' 이 아닌가 라는 말이 돌고 있습니다."

어느 아침 상급 속도 수련을 마친 후 플레처가 말했다. 그가 덧붙였다.

"그리고 스승님이 천 년 앞서 오셨다고요."

조나단은 한숨을 쉬었다. 오해받는 대가라는 생각이 들었다. 대중은 툭하면 악마라거나 신이라고 부른다.

"너는 어떻게 생각하느냐, 플레처? 우리가 천 년 앞서 와 있느냐?"

긴 침묵이 흘렀다.

"음, 이런 종류의 비행은 언제나 여기 있었기에 알고자 했던 새는 누구나 배울 수 있었습니다. 그러니 시대와는 관계없지요. 어쩌면 우리는 유행에 앞선 겁니다. 대부분의 갈매기의 비행 방식보다 앞선 것이지요."

"그럴듯하구나. 시대를 앞섰다는 것보다는 한결 낫군."

조나단이 몸을 굴려 한동안 배면으로 활공하면서 중얼댔다.

~

딱 1주일 후에 일어난 일이었다. 플레처는 신입 수련생들에게 고속 비행의 기본 사항들에 대해 모범을 보이는 중이었다. 그가 막

2,130미터에서 급강하해서 수평비행으로 들어갈 때, 해변 바로 위에서 길쭉한 회색 줄이 번쩍했다. 첫 비행에 나선 아기 새가 어미를 부르면서 플레처 앞으로 곧장 날아들었다. 순식간에 플레처는 어린 새를 피하려고 시속 320킬로미터에서 급히 왼쪽으로 방향을 전환하다가 단단한 화강암 절벽을 들이받았다.

그에게는 바위가 다른 세상으로 들어가는 단단한 대문이라도 되는 것 같았다. 바위에 부딪히면서 두려움과 충격이 밀려들고 캄캄해지더니, 그는 이상하기 짝이 없는 하늘 위로 떠가고 있었다. 망각, 기억, 망각. 두려움과 슬픔 그리고 아쉬움, 지독한 아쉬움.

처음 조나단 리빙스턴을 만난 날처럼 목소리가 플레처에게 다가왔다.

"플레처, 순서대로 인내하며 한계들을 극복하려 애쓰는 게 비법이란다. 계획상으로는 조금 더 지나서야 바위를 뚫고 날아가는 법을 익히는 것이었지."

"조나단!"

"'위대한 갈매기의 아들'이라고도 하지."

그의 스승이 무미건조하게 말했다.

"여기서 뭐 하시는 겁니까? 절벽인데! 제가…… 제가…… 죽은 게 아니었습니까?"

"아, 플레처. 정신 차려라. 생각을 해보거라. 네가 지금 나와 대화를 하고 있다면 분명히 넌 죽은 것이 아니겠지, 그렇지 않겠느냐? 네가 했던 일은 의식의 수준을 좀 급하게 바꾼 것이야. 이제 네 선택에 달려 있다. 너는 이곳에 머물면서 이 수준에서 수련할 수도 있고—그런데 이 수준은 네가 떠나온 단계보다 훨씬 높단다—아니면 돌아가서 계속 갈매기들과 공부할 수도 있다. 족장들은 사고가 벌어질 거라고 예상했는데 네가 워낙 기대에 잘 부응해서 놀라고 있다."

"당연히 저는 갈매기들에게 돌아가고 싶습니다. 새로 들어온 수련생들과 막 시작한 참인걸요!"

"좋아, 플레처. 몸은 다름 아닌 생각 그 자체라고 말했던 걸 기억하지……?"

～

플레처는 고개를 저으면서 날개를 펴고 눈을 떴다. 절벽 아래에 갈매기들이 모두 모여 그를 에워싸고 있었다. 플레처가 처음 움직이자 무리 속에서 어마어마한 꽥꽥 끽끽 소리가 터져 나왔다.

"그가 살았다! 죽었는데 살아 있다!"

"날개 끝으로 건드렸어! 목숨을 살려냈다고! 위대한 갈매기의 아

들이!"

"아니야! 그가 아니라고 하잖아! 그는 악마야! 악마! 우리 부족을 멸망시키려고 온 거야!"

그곳에 모인 4천 마리의 갈매기는 방금 벌어진 일이 두려웠고, '악마!'라는 외침이 바다의 태풍처럼 무리를 휩쓸고 지나갔다. 눈알을 번득이면서 부리를 내민 갈매기들이 죽이려고 다가들었다.

"우리가 떠나는 게 더 낫겠지, 플레처?"

조나단이 물었다.

"그렇게 할 수 있다면 그다지 반대하지는 않겠습니다만……."

곧 둘은 무리로부터 1킬로미터 가까이 떨어진 곳에 서 있었고, 황량한 하늘에 번득이는 부리들이 촘촘히 보였다.

조나단이 말했다.

"어떤 새에게 그가 자유롭다고, 잠시 수련에 힘쓰면 그것을 스스로 증명할 수 있다고 설득하는 일이 왜 세상에서 가장 어려울까? 왜 이리도 힘이 들까?"

플레처는 장소가 변한 데에 놀라 여전히 눈을 깜빡였다.

"어떻게 하신 겁니까? 어떻게 우리가 여기 왔지요?"

"넌 무리에서 빠져나오고 싶다고 말했지, 그렇지 않은가?"

"그랬지요! 하지만 어떻게……."

"다른 모든 게 그렇듯 수행이란다, 플레처."

~

아침이 되자 갈매기들은 광적이었던 일을 잊었지만 플레처는 잊지 않았다.

"조나단, 오래전에 제게 그들에게 돌아가서 그들이 배울 수 있도록 도울 만큼 부족을 사랑하느냐고 한 것을 기억하십니까?"

"물론이지."

"어떻게 스승님은 자신을 죽이려고 한 무리를 사랑할 수 있는지 저는 이해가 안 갑니다."

"아, 플레처, 넌 사랑할 수 없을 것이다! 당연히 증오와 악을 사랑할 수 없을 것이다. 수련을 통해 진정한 갈매기를, 각자의 안에 깃든 선함을 봐야 하고, 그들 스스로 그것을 볼 수 있게 도와야 하는 거지. 내가 말하는 사랑은 그런 것이란다. 그것을 터득하게 되면 재미있을 것이다.

예를 들면 나는 독한 젊은 새를 기억한단다. 그 새의 이름은 갈매기 플레처 린드. 방금 추방당한 그는 부족과 죽도록 싸울 준비를 하려고, 머나먼 절벽에 자신만의 가혹한 지옥을 짓기 시작하지. 그런데 오늘 그는 여기서 자신만의 천국을 짓고, 부족 전체를 그 방향으로 인도하고 있지."

플레처는 스승에게 몸을 돌렸고, 순간적으로 그의 눈에 공포가 어렸다.

"'제가' 인도한다고요? '제가' 인도한다니 무슨 말씀이세요? 이곳의 스승은 조나단이세요. 떠나시면 안 됩니다!"

"떠나면 안 된다고? 빛을 향해 순항 중인 플레처보다 더욱 스승이 필요한 다른 무리들이, 다른 플레처들이 있을 거라고 생각하지 않느냐?"

"저요? 존, 저는 평범한 갈매기에 불과하고 스승님은……."

"……위대한 갈매기의 유일한 아들이라고?"

조나단은 한숨을 쉬고 바다를 내다보았다. 그가 말을 이었다.

"이제 더 이상 너에게는 내가 필요하지 않아. 계속 매일 조금씩 더 자신을, 진정하며 한계가 없는 갈매기 플레처를 찾아야 한다. 그가 네 스승이야. 너는 그를 이해하고 그를 수행해야 해."

잠시 후 조나단의 몸이 공중에서 흔들리며 빛나더니 투명해지기 시작했다.

"저들이 나에 대해 엉뚱한 소문을 퍼뜨리거나 나를 신으로 만들지 못하게 하거라. 알겠지, 플레처? 난 한 마리 갈매기일 뿐이야. 나는 비행을 좋아하고 어쩌면……."

"조나단!"

"가여운 플레처. 눈에 보이는 것을 믿지 마라. 눈이 보여주는 것은 다 한계가 있을 뿐이란다. 너의 이해력으로 보고, 이미 아는 것을 찾아내거라. 그러면 너는 나는 법을 알게 될 게다."

반짝임이 멈추었다. 갈매기 조나단은 텅 빈 허공으로 사라져버렸다.

한참 후 플레처는 몸을 끌고 하늘로 가서, 새로 들어온 수련생들과 마주했다. 그들은 설레하며 첫 수업을 기다렸다.

플레처가 진지하게 말했다.

"먼저 알아두어야 한다. 갈매기는 자유의 무한한 관념이며 위대한 갈매기의 상(想)이고, 날개 끝부터 날개 끝까지 몸 전체는 다름 아닌 너의 생각 자체일 뿐이다."

어린 갈매기들은 의아하게 그를 쳐다보았다. 그들은 생각했다. '이런, 이건 공중회전법 같지 않은걸.'

플레처는 한숨을 쉬고 다시 시작했다.

"흠. 아…… 좋아."

그는 그들을 평가하듯 쳐다보며 말을 이었다.

"수평비행부터 시작하지."

그 말을 하면서 그는 즉시 깨달았다. 솔직히 그의 친구는 플레처 자신보다 더 성스러울 게 없다는 것을.

그는 생각했다. 한계가 없다고요, 조나단? 아, 그러면 머지않아 제가 스승님의 해안에 불쑥 나타나서 비행술 한두 가지를 선보이겠군요!

플레처는 제자들 앞에서 엄한 표정을 지으려 했지만, 문득 순간적으로 그들의 진정한 모습을 보았다. 그리고 보이는 그대로 좋아하는 정도가 아니라 사랑했다. 한계가 없다고요, 조나단? 그는 생각하며 웃음 지었다. 배움을 향한 그의 달음박질이 막 시작되었다.

4

갈매기 조나단이 부족의
해안에서 자취를 감춘 후 몇 년간, 그들은 지구에 살았던 새 중 가장
이상했다. 많은 갈매기가 조나단이 전해준 메시지를 이해하기 시작
했고, 젊은 갈매기가 배면 비행하고 공중회전을 연습하는 것은 흔한
광경이었다. 예전에 영광스러운 비행을 외면한 채 젖은 빵이나 얻으
려고 지루하게 직선과 수평으로 고깃배로 날아가던 것만큼 흔한 일
이 되었다.

갈매기 플레처 린드를 비롯해 조나단의 제자들은 해안선의 모든
부족을 찾아다니는 장거리 전파 여행을 통해 자유와 비행에 대한 스
승의 가르침을 전했다.

그 시절에는 눈에 띄는 사건들이 있었다. 플레처의 제자들과 제자
의 제자들은 예전에 본 적 없는 정확하고 즐거운 비행을 했다. 개인
적으로 연습해서 플레처보다, 때로는 예전의 조나단이 보여준 솜씨

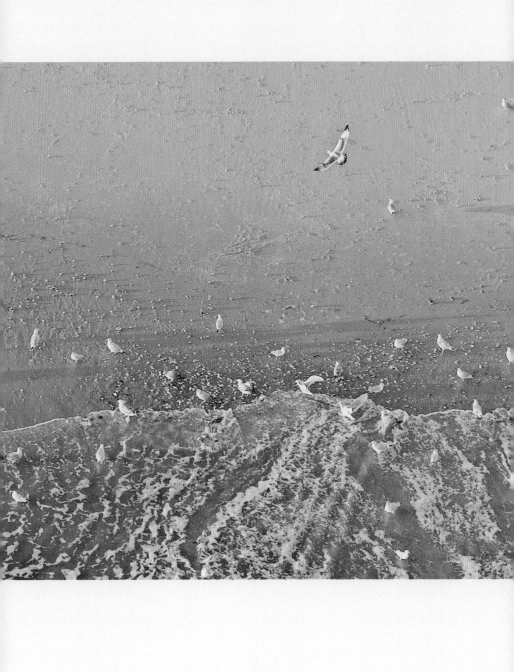

보다 훌륭한 곡예비행을 펼치는 새들이 여기저기 나타났다. 무척 적극적인 갈매기는 그 실력이 지속적으로 가파른 상승세를 보였고, 이따금 한계를 완벽하게 초월해서 조나단처럼 지구상에서 사라지는 수련생들이 있었다. 그들을 다 포용하기에 지구는 너무 제한이 많았다.

　한동안은 황금기였다. 이제 조나단은 성스럽게 받들어졌고, 그를 만졌던 이를 만져보려는 갈매기들이 플레처에게 몰려들었다. 플레처는 조나단이 어느 갈매기나 배울 수 있는 것을 터득한 똑같은 갈매기였을 뿐이라고 주장했지만 소용없었다. 그들은 계속 플레처를 쫓아다니면서 조나단이 정확히 무슨 말을 하고 어떤 몸짓을 했는지 듣고 조나단에 대해 낱낱이 알아내려 했다. 그들이 소소한 부분에 매달릴수록 플레처는 점점 불편해졌다. 한때는 갈매기들이 메시지를 수련하는 것과…… 연습과 하늘에서 빨리 자유롭고 영광스럽게 비행하는 데 관심을 쏟았다……. 이제 그들은 까다로운 동작은 멀리하기 시작했고, 조나단이 팬클럽의 우상이라도 되는 듯이 그에 대한 전설에 눈이 휘둥그레졌다.

　그들은 물었다.

　"플레처 님, 숭고하신 조나단 님이 '우리는 본질상 위대한 갈매기의 관념이다…….' 라고 말씀하셨나요, 아니면 '우리는 사실상 위대한 갈매기의 관념이다…….' 라고 말씀하셨나요?"

"제발. 나를 플레처라고 부르라. 그냥 갈매기 플레처."

갈매기들이 존칭어를 쓰려는 데 경악해서 플레처는 대꾸하곤 했다.

"그리고 그가 어떤 단어를 사용했든 무슨 차이가 있지? 둘 다 맞다, 우리는 위대한 갈매기라는 관념이지……."

하지만 그들이 이 대답에 만족하지 않는다는 것을 플레처는 알고 있었다. 갈매기들은 그가 대답을 피한다고 생각했다.

"플레처 님, 거룩한 조나단 님은 날아오를 때 바람 쪽으로 한 걸음…… 아니면 두 걸음 옮기셨나요?"

그가 질문을 바로잡을 새도 없이 다른 질문이 쏟아졌다.

"플레처 님, 신성한 조나단 님의 눈은 회색이었습니까, 금색이었습니까?"

질문을 던진 회색 눈의 새는 간절히 한 가지 답만 기다렸다.

"난 모른다! 그의 눈 따위는 잊어버려! 그의 눈은…… 보라색이었다! 어떻게 그런 게 중요할 수 있지? 그가 와서 전한 말은, 정신을 차리고 해변에 서서 남의 눈 색깔에 대해 떠드는 짓을 중단하면 우리가 날 수 있다는 것이다! 이제 잘 봐라, 내가 바람개비 회전을 보여줄 테니……."

하지만 바람개비 회전처럼 어려운 기술을 익히는 것은 피곤하다는 것을 알고 갈매기들은 집으로 돌아가면서 생각했다.

'위대한 이는 보라색 눈을 가지셨어— 내 눈이랑은 달라, 여기 살았던 그 어떤 갈매기의 눈과도 달라.'

세월이 흐르면서 수업 분위기도 변했다. 전에는 비행하면서 격하게 원대한 시를 읊었지만, 지금은 연습 전후에 소리 죽여 조나단에 대해 이야기했다. 아무도 비행하지 않고 모래밭에서 거룩한 이에 대한 복잡한 말들만 읊어댔다.

플레처와 조나단의 제자들은 변화에 당황하여 고쳐주려 했고, 단호하게 분노했지만 막을 도리가 없었다. 그들은 존경받았고 더 나쁘게는— 숭배받았지만, 아무도 말을 듣지 않았다. 그리고 비행을 수련하는 새들은 점점 줄어들었다.

조나단의 제자들이 차가운 시신을 남기고 하나하나 세상을 떠났다. 갈매기들은 시신을 수습해서 눈물 젖은 거창한 의식을 치르고, 거대한 돌무더기 밑에 매장했다. 죽은 신성한 새 옆에서 각자 장황한 애도사를 올린 후 돌멩이를 내려놓았다. 돌무더기는 제단이 되었고, 일체감을 바라는 갈매기마다 돌멩이를 놓고 돌무더기에 대해 침통한 연설을 했다. 일체감이 뭔지 아무도 몰랐지만, 워낙 심각하게 심오한 것인지라 그것에 대해 묻는 갈매기는 업신여김을 받을 수밖에 없었다. 아니, 다들 일체감이 뭔지 알았고, 마틴 님의 무덤에 예쁜 돌을 놓을수록 일체감에 도달할 가능성이 더 커졌다.

플레처가 마지막으로 떠나갔다. 평생 가장 순수하고 가장 아름다운 장거리 단독 비행 중에 일어난 일이었다. 플레처는 조나단을 처음 만난 후 연습했던 긴 수직 완횡전을 하던 중 몸이 사라졌고, 그 순간 그는 돌을 떨구거나 일체감이라는 어구를 명상하지 않았다. 그는 완벽한 자신의 비행 중에 사라졌다.

그다음 주에 플레처가 해변에 나타나지 않자, 그가 쪽지 한 장 남기지 않고 사라졌기에 갈매기들은 잠시 공황 상태에 빠졌다.

하지만 그러다가 그들은 함께 모여 생각했고, 무슨 일이 벌어졌음이 분명하다고 결론지었다. 공표된 내용은 이랬다. 후에 일체감의 반석으로 알려진 곳에서 플레처 님이 다른 최초의 일곱 제자에 둘러싸여 서 있는 것이 목격되었다. 그때 구름이 갈라지고, 위엄 있는 깃털과 황금색 조개들을 걸치고 이마에 귀한 돌멩이 왕관을 쓴 위대한 갈매기 조나단 리빙스턴이 상징적으로 하늘과 바다와 바람과 땅을 가리키면서, 플레처를 일체감의 해변으로 불렀다. 플레처는 성스러운 광선에 휩싸여 마법처럼 떠올랐고, 웅장한 갈매기들의 합창에 맞추어 그 광경 위로 구름이 다시 덮였다.

그리고 플레처 님을 성스럽게 추모하며 일체감의 바위에 쌓은 돌무더기는 지구 어느 해안의 돌무더기보다 웅장했다. 어디나 그것을 흉내 낸 돌무더기들이 생겼고, 매주 화요일 오후에는 갈매기들이 돌

무더기로 걸어가 모여 서서 조나단 리빙스턴과 그의 탁월한 신성한 제자들이 보인 기적들에 대해 들었다. 꼭 필요한 경우가 아니면 누구도 비행하지 않았고, 필요할 경우에는 비행하면서 점점 이상한 관습을 행했다. 위상 같은 것의 상징으로, 더 유복한 새들은 부리에 나뭇가지를 물고 다니기 시작했다. 나뭇가지가 크고 묵직할수록 갈매기들이 더 큰 관심을 보였다. 나뭇가지가 클수록 더 앞선 비행가로 여겨졌다.

갈매기 공동체의 몇몇은, 무겁고 성가신 나뭇가지 때문에 가장 신실한 갈매기들이 비행의 방해꾼이 되었음을 알아차렸다.

조나단의 가르침의 상징은 번지르르한 돌멩이가 되었다. 그러다 나중에는 아무 오래된 돌이나 있어도 될 터였다. 비행의 환희를 가르치러 온 새의 상징으로는 더할 수 없이 최악이었지만 아무도 눈치채지 못하는 듯했다. 적어도 무리에서 중요한 갈매기들은 그랬다.

화요일이면 모든 비행이 중단되고, 활기 없는 새들이 모여들어 서서 '고위 부족 제자'의 암송을 들었다. 몇 년 사이에 암송이 정착되어 단단한 교리로 굳어졌다.

"호, 조나단쓰, 님하, 위대한 갈매기탁, 아쓰, 모래벼룩보다, 미천한, 저희를, 불쌍히 여기시어……"

화요일이 되면 몇 시간이고 계속되었다. 고위 제자가 속사포처럼 쏘아대며 낭송하는 것은 우월감의 표시였다. 그래야 새들이 말을 제대로 알아들을 수 없었으니까. 몇몇 당돌한 새는 무슨 말인지 알아듣지 못하겠다고 소곤거렸다. 사실 그 속에 한두 마디 묻혀 있다는 것을 결국 알 수 있었지만.

사암을 쪼아 슬픈 보라색 조개 눈을 박은 조나단의 동상이 해안을 따라서 세워졌고, 모든 돌무덤과 모조 돌무덤에서 이것은 돌이 상징할 수 있는 것보다 중요한 예배의 중심이 되었다.

200년이 지나지 않아 성스럽다는 간단한 말로 일상의 수행에서 조나단의 가르침은 거의 다 빠졌고, 모래벼룩보다 미천한 평범한 갈매기들의 열망은 그에 미치지 못했다. 시간이 흐르면서 조나단의 이름으로 생긴 의식과 의례는 극단적이 되었다. 생각하는 갈매기라면 돌무덤을 보지 않으려고 하늘에서 항로를 바꾸었다. 노력하고 훌륭해지기보다는 실패를 변명하려는 이들이 허례와 미신 위에 세운 게 돌무덤이었다. 생각하는 갈매기들은 역설적으로 '비행', '돌무덤', '위대한 갈매기', '조나단' 같은 말에 마음을 닫았다. 그들은 다른 문제에 대해서는 조나단 이후 가장 명쾌하고 정직한 새들이었다. 하지만 조나단의 이름이나 '고위 지역 제자'들이 함부로 만든 다른 용어들이 언급되면, 그들의 마음은 트랩도어가 쾅 닫히듯 닫혀버렸다.

그들은 호기심이 많았기에 비행이란 말을 쓰지 않으면서도 그것을

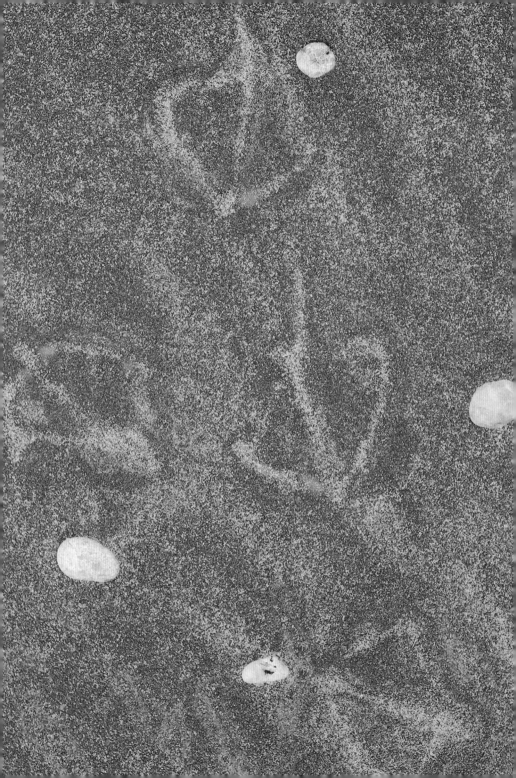

실험하기 시작했다. 그들은 몇 번이고 거듭해서 "이건 비행이 아니고 진실이 무엇인지 찾는 길일 뿐이야."라고 혼잣말을 했다. 그래서 그들은 '제자'를 거부하면서도 스스로 제자가 되었고, 조나단이 부족에게 가져다준 메시지를 수행했다.

이것은 요란한 혁명이 아니어서, 구호를 외치거나 현수막을 흔들지 않았다. 하지만 예컨대 아직 솜털이 보송보송한 갈매기 앤서니 같은 개인들이 질문들을 던지기 시작했다.

그가 '고위 지역 제자'에게 말했다.

"저, 매주 화요일에 새들이 제자님의 말을 들으러 오는 것은 세 가지 이유 때문이 아닌가요? 뭔가 배운다고 생각하기 때문에. 돌무덤에 돌멩이를 더 놓으면 믿음이 깊어질 거라고 믿기 때문에. 혹은 그들이 올 거라고 다른 갈매기들이 기대하기 때문에. 맞나요?"

"그러면 너는 배울 게 전혀 없느냐, 아가?"

"아니요. 배울 게 있지만 그게 뭔지 모르겠습니다. 제가 자격이 없으면 백만 개의 돌멩이도 저를 독실하게 만들지 못할 테고, 저는 남들이 어떻게 생각하든 상관없거든요."

고위 제자는 이 이단의 주장에 살짝 떨면서 물었다.

"그러면 네 답은 무엇이냐, 아가? 너는 삶의 기적을 어떻게 부르지? '성스러운-이름이-되시는-위대하신-갈매기-조나단 님'께서 말씀하시기를 비행은……."

"삶은 기적이 아니죠. 그것은 따분해요. 제자님의 위대한 조나단 님은 오래전 누군가 지어낸 신화이며, 약한 자들이 현실 그대로의 세상을 직면할 수가 없기 때문에 믿는 동화지요. 시속 320킬로미터로 날 수 있는 갈매기라니! 저도 시도해봤는데 날 수 있는 최고 속도는 80킬로미터였습니다. 하강하는데 그나마 거의 제어 불능이지요. 깰 수 없는 비행의 법칙들이 있고, 그렇게 생각하지 않는다면 직접 거기 나가서 시도해보세요! 솔직히—이제 진심으로—제자님의 위대한 조나단 님이 '시속 320킬로미터로 비행했다'고 믿으세요?"

"그보다 빠르셨지. 그리고 갈매기들에게 그렇게 하라고 가르치셨단다."

고위 제자가 완전히 맹목적인 신앙심에서 말했다.

"그 동화는 그렇지요. 하지만 그렇게 빨리 날 수 있다는 것을 보여주시면, 그때는 저도 제자님의 말을 귀담아듣기 시작하지요."

열쇠가 있었고, 갈매기 앤서니는 그 순간 그 말을 내뱉었다는 것을 알았다. 그는 해답을 갖고 있지 않았지만, 지금 말하는 것을 보여줄 수 있는 새를 따를 수만 있다면 감사하며 기꺼이 목숨을 내놓으리라는 것을 알았다. 영향을 주는, 삶에 훌륭함과 기쁨을 주는 몇 가지 답을 제시하는 새가 있다면! 그 새를 찾기 전까지 삶은 목적 없이 우중

충하고 황량하고 불합리했다. 모든 갈매기는 피와 깃털을 대충 모아 놓은, 망각으로 향하는 존재로 남을 터였다.

갈매기 앤서니는 조나단의 이름을 덮은 의례와 의식을 거부한 채 자신의 길을 갔고, 그렇게 행동하는 젊은 새들이 점점 많아졌다. 그들은 삶의 허망함으로 애달팠지만 적어도 자신에게 정직했고, 삶이 허망하다는 사실을 직시할 만큼 용기 있었다.

그러던 어느 오후 앤서니는 바다 위에서 날개를 펄럭이며 멍하니 생각에 잠겼다. 삶은 가치가 없고 가치가 없다는 것은 무의미하다는 뜻이니까, 바다로 그대로 강하해서 익사하는 게 맞아. 해초처럼 의미나 기쁨 없이 존재하느니 아예 존재하지 않는 게 더 나아.

모든 게 다 납득이 되었다. 그야말로 순수한 이치였고, 갈매기 앤서니는 여태껏 정직과 이치를 지키려 애쓰며 살았다. 어쨌거나 언젠가 죽어야 할 텐데, 고통스러운 삶의 권태를 연장할 이유가 없었다.

그래서 그는 610미터 지점에서 수면을 향해 직강하해서 시속 80킬로미터 정도로 내려갔다. 마침내 결정을 내리니 묘하게 들떴다. 이치에 맞는 대답 하나를 찾아낸 셈이었다.

죽음의 강하 중간쯤 바다가 기울고 아래쪽이 점점 커지면서, 엄청난 휘휘 소리가 그의 오른쪽 날개를 곧바로 지나쳤다. 다른 갈매기가 그를 지나서 날아갔다……. 마치 그가 해변에 서 있기라도 한 것처럼. 다른 새는 내리 그은 흰 줄 같았고, 우주에서 떨어지는 뿌연 유성 같았다. 앤서니는 깜짝 놀라 날개를 굽혀 멈췄고, 무기력하게 그 광경을 보고 감탄했다.

뿌연 것이 바다 쪽으로 가만히 멀어지며 파도 위로 내려가더니, 몸을 굽혀 급상승했다. 갈매기는 부리를 하늘로 바짝 들고 횡전했다. 긴 수직 완횡전을 하다가 몸을 비틀어 공중에서 불가능한 환상선(full circle) 선회를 감행했다.

앤서니는 구경하느라 실속했다. 자신이 어디에 있는지 잊고 다시 실속했다.

앤서니가 크게 외쳤다.

"맹세컨대…… 맹세컨대 저건 갈매기였어!"

그는 곧장 다른 새 쪽으로 몸을 돌렸다. 그 새는 앤서니를 알아차리지 못하는 것 같았다.

"이봐요! 이봐요! 기다려요!"

앤서니가 있는 힘껏 소리쳤다.

갈매기는 곧장 한쪽 날개를 쳐들고 엄청나게 빠른 몸놀림으로 앤서니 쪽으로 불꽃처럼 돌아왔다. 수평비행 중이던 앤서니는 힘껏 수직 경사를 하다가, 스키 선수가 활강로 끝에서 멈추듯 공중에서 갑자기 멈추었다.

앤서니가 숨을 마구 몰아쉬었다.

"이봐요! 무얼…… 무얼 하고 있는 거예요?"

바보 같은 질문이었지만 앤서니는 달리 무슨 말을 해야 할지 몰랐다.

"놀라게 했다면 미안하군. 그대를 쭉 지켜보고 있었지. 그저 장난 삼아……. 그대와 부딪치려 한 건 아니야."

낯선 새는 바람처럼 맑고 다정한 목소리로 말했다.

"아뇨! 아니, 그게 아니라요. 그게 뭐였습니까?"

앤서니는 난생처음으로 정신이 번쩍 들고 생기가 돌았다.

"아, 재미난 비행이라고 하면 되겠지. 강하하다 상승해서 곧장 공중회전하면서 완횡전하며 느긋하게 즐기는 거지. 정말 이것을 잘하고 싶다면 약간의 수련이 필요하지만, 괜찮아 보이는 일이긴 하지. 그렇게 생각하지 않나?"

"이건, 이것은…… 아름답다고 해야겠지요! 그런데 갈매기 부족 주위에서 뵌 적이 없는 분이군요. 아무튼 누구십니까?"

"존이라 부르게."

마지막 말

마지막 장은 놀라운 이야기처럼 느껴지지만 그렇지는 않다.

어떻게 갑자기 누군가의 마음에 모험들이 나타날까? 작품을 사랑하는 작가들은 미스터리가 마법의 일부라고 말한다. 설명할 도리가 없으니.

상상은 오래된 혼이다. 누군가 정신에 속삭인다. 거기에 있는 빛나는 세계와 희로애락을 가진 인물들에 대해 나직이 말해준다. 글만 없을 뿐 마무리된 아름다운 이야기를 들려준다. 작가들은 이미지들을 휘휘 돌려서 아는 행동과 맞추고, 처음부터 끝까지 대화를 기억해낸다. 간단히 글자, 마침표, 쉼표 들을 집어넣으면 이야기는 독자라는 슬로프를 활강할 준비를 마친다.

이야기는 무슨 위원회나 문법으로 되는 게 아니라, 우리 자신의 조용한 상상력을 건드리는 미스터리에서 샘솟는다. 오랜 세월 궁금증이 우리를 붙들고 있다가, 갑자기 알 수 없는 데서 해답이 폭포수처럼 쏟아진다. 본 적 없는 활에서 화살이 날아들듯이.

내 경우는 그랬다. 전에 내가 4장의 집필을 중단하면서 갈매기 조나단의 이야기는 끝났다.

그 당시 4장을 반복해서 읽어보았다. 그럴 것 같지가 않았다! 조나단의 해답을 추구한 갈매기들이 의례로 비행 정신을 죽일까?

4장은 그럴 수도 있다고 말했다. 나는 그렇게 믿지 않았다. 1, 2, 3장에 이야기를 다 했다. 4장은 필요하지 않아. 거의 휑한 하늘, 기쁨을 짓누르는 무미건조한 말들일 뿐. 인쇄될 필요 없어. 그렇게 생각했다.

그런데 왜 나는 그 부분의 원고를 태워버리지 않았을까?

모르겠다. 나는 믿지 않았지만 원고 자신은 믿었던 마지막 대목을 치워버렸다. 그것은 내가 무엇을 거부하는지 알았다. 지배자들과 의식의 힘이 천천히, 천천히 우리가 선택한 삶의 자유를 죽일 터였다.

그 원고를 잊어버린 채 시간이 흘러 반세기가 지났다.

얼마 전 사브리나가 원고를 찾아냈다. 바래고 너덜너덜해진 원고는 쓸모없는 서류들 밑에 박혀 있었다.

"이거 기억나요?"

"기억나다니, 뭐가? 아니."

몇 단락 읽어보았다.

"그래. 기억나. 일부는. 이건……."

"다 읽어봐요."

그녀는 찾아낸 골동품이 된 원고에 감동받아 웃음 지었다.

타자한 활자들이 희미했다. 하지만 언어는 그 시절 내 언어의 메아리였고, 지금의 내가 파악되었다. 그것은 내가 쓴 글이 아니었다. 그것은 그가, 그때의 젊은이가 쓴 글이었다.

원고는 끝났고, 그의 경고와 소망이 나를 채웠다.

그가 말했다.

"난 뭘 하고 있는지 알았지! 권위와 의식이 넘쳐나는 당신의 21세기, 이제 꽁꽁 묶여서 자유를 목 조르지. 모르겠어? 그것은 당신의 세계를 자유로운 것이 아닌 안전하게 만들 속셈이거든."

그는 그의 이야기를, 마지막 가능성을 살려냈다.

"내 시대는 끝났어. 당신의 시대는 끝나지 않았고."

나는 다시 그의 목소리를 생각했다, 마지막 장을. 우리 갈매기들은 세상에서 자유의 끝을 바라보고 있을까?

마침내 본래 자리에 인쇄된 4장은 그렇지 않을 거라고 말한다. 이것은 아무도 미래를 모를 때 쓰였다. 이제 우리는 미래를 안다.

2013년 봄 리처드 바크

옮긴이의 말

리처드 바크의 『갈매기의 꿈』을 처음 읽은 것은 대학 시절이었다. 막 세상을 향해 날아갈 채비를 할 때였다. 당시에는 유독 학교와 세상 사이에 무시무시하면서도 설레는 깊은 협곡이 있는 것 같았고, 그 협곡을 건너는 것을 완전히 다른 내가 되어 딴 세상으로 가는 것으로 여겼다. 당시 대학생들이 흔히 그랬듯이 무엇이 되어 살까보다는 어떻게 살까를 더 많이 고민하면서 현실과 이상 사이에서 허우적대던 중 『갈매기의 꿈』을 만났다. 주인공인 갈매기 조나단 리빙스턴에게 '높이 나는 새가 멀리 본다' 며 높이 더 높이 날아보라고 격려받는 느낌을 받았고, 격려와 요즘 말로 하자면 치유를 받았다. '높이' 가 어떤 의미의 높이인지 깊이 고민하지 않았고, 세상의 잣대에서 벗어나 '높이 더 높이' 날아 자유를 얻고 싶다는 추상적인 소망을 품었지만, 아무튼 기운이 나고 가슴이 무척 설렜다.

아주 오랜 시간이 흘러 이번에는 번역자로 새로운『갈매기의 꿈』을 만났다. 처음 번역 의뢰를 받았을 때는 독자로 만난 책을 번역자로 만나면 어떤 감정일지 호기심이 느껴졌고, 오래전에 맛본 감정을 긴 세월이 흐른 후에도 고스란히 느껴 새로운 독자들에게, 그야말로 한 세대 후의 독자들에게 전달할 수 있을지 두려웠다. 그사이 사회가 정말 많이 변했고, 그 안에서 살아가는 사람들의 감정과 경험과 꿈도 무척 달라졌으니……. 기대와 부담 속에서 선뜻 작업을 시작하기가 힘들었지만 지금의 내가 그 시절의 나를 만나러 가는 심정으로 텍스트를 읽고 번역하기 시작했다.

예전의 내게 조나단은 주인공이자 다른 갈매기들은 해내지 못한 일을 해낸 영웅이었다. 나도 그렇게 해내고 싶다는 생각, 높이 오르고 싶다는 생각만 했다. 그런데 이제 리처드 바크가 오래전 써놓았던 4장을 더해 새롭게 펴낸『갈매기의 꿈』은 조나단의 존재와 그의 성공만 도드라지는 소설이 아니었다. 다른 갈매기들과 전혀 다른 생각을 하는 조나단, 망설이기도 하지만 그런 자신을 받아들이는 조나단, 높은 하늘로 오르기 위해 빨리 날기 위해 실패를 거듭해도 다시 용기를 내는 조나단, 동족에게 배척받아도 자신에게 충실하기에 꿋꿋이 홀로 나아가는 조나단. 정말 여러 조나단을 만났고, 그를 가르치는 설리번(리처드 바크는 글을 쓰면서 헬렌 켈러의 스승 설리번을 떠올렸을까?)과 다른 차

원의 삶으로 이끄는 스승 챙, 새로운 조나단 리빙스턴의 길에 나서는 갈매기 앤서니. 고민하고 만나고, 가르치고 배우며 사랑을 나누고 새로운 삶으로 이끄는 갈매기들의 이야기로 읽으면서 『갈매기의 꿈』이 더욱 깊은 울림과 풍성한 감정을 주는 작품으로 다가왔다. 결과와 성취에 대한 환희보다는 그 긴 과정을 밟아가는 고통스러움과 그럼에도 나아갈 수 있는 힘에 더 마음을 두니, 조나단과 여정을 함께하는 느낌이었다. 갈매기와의 공감이라니 재미있다는 생각을 했지만, 이야기를 시작하면서 작가는 우리 모두의 내면에 사는 진짜 조나단에게 이야기를 바친다고 말하지 않았던가.

주인공 이름은 '조너선'으로 발음해야 옳지만 오래전 책을 낼 때 '조나단'으로 표기되었고, 개정판을 내면서 편집부와 고심한 끝에 예전 독자들의 마음에 깃든 '조나단 리빙스턴'을 존중해서 '조나단'으로 표기하기로 했다. 또 새롭게 더해진 4장에서는 조나단이 떠난 이후 갈매기 부족이 그를 신격화하고 더 이상 비행 연습을 하지 않는 풍경이 펼쳐진다. 예수의 사후 이 세상의 모습을 연상시키는 이 대목은 큰 가르침을 얻어도 근본적으로 변하기 어려운 인간 세상의 현실을 보여준다.

작가는 처음 책을 발표하고 큰 반향을 일으켰지만 변하지 않은 세상을 향해 눈을 뜨라고 말하려고 4장을 덧붙였을까. 그런 세상을 아파하며 리처드 바크는 새롭게 비행을 꿈꾸는 갈매기 앤서니를 통해 작은 희망을 실어 보내주는 듯하다.

사회 진출을 앞둔 학생으로 이 책을 보면서 꿈꾸었던 세상과 이제 중년에 접어들어 꿈꾸는 세상은 사뭇 다르다. '높이 날아오른다' 의 의미도 전혀 다르다. 지독히 외롭고 두려운 내 안의 조나단과 세상의 수많은 조나단들이 있음을 확인하며 이 책의 번역 작업을 마친다. 여전히 『갈매기의 꿈』은 격려고 위로며 가르침이다. 하지만 전설이 된 갈매기 리빙스턴의 이야기가 아니라 우리 모든 갈매기들의 이야기다.

공경희

갈매기의 꿈

초판 1쇄 발행 2018년 6월 1일
초판 15쇄 발행 2023년 9월 1일

지은이   리처드 바크
옮긴이   공경희
펴낸이   이수철
주간   하지순
디자인   오필민디자인
마케팅   오세미
영상콘텐츠기획 김남규
관리   전수연
프린트디렉팅 유화컴퍼니

펴낸곳   나무옆의자
출판등록   제396-2013-000037호
주소   (10449) 경기도 고양시 일산동구 호수로 358-39 동문타워1차 703호
전화   02) 790-6630   팩스 02) 718-5752
전자우편   namubench9@naver.com
페이스북   @namubench9
인스타그램   @namu_bench

ISBN 979-11-6157-034-1 03840